神様2011

川上弘美

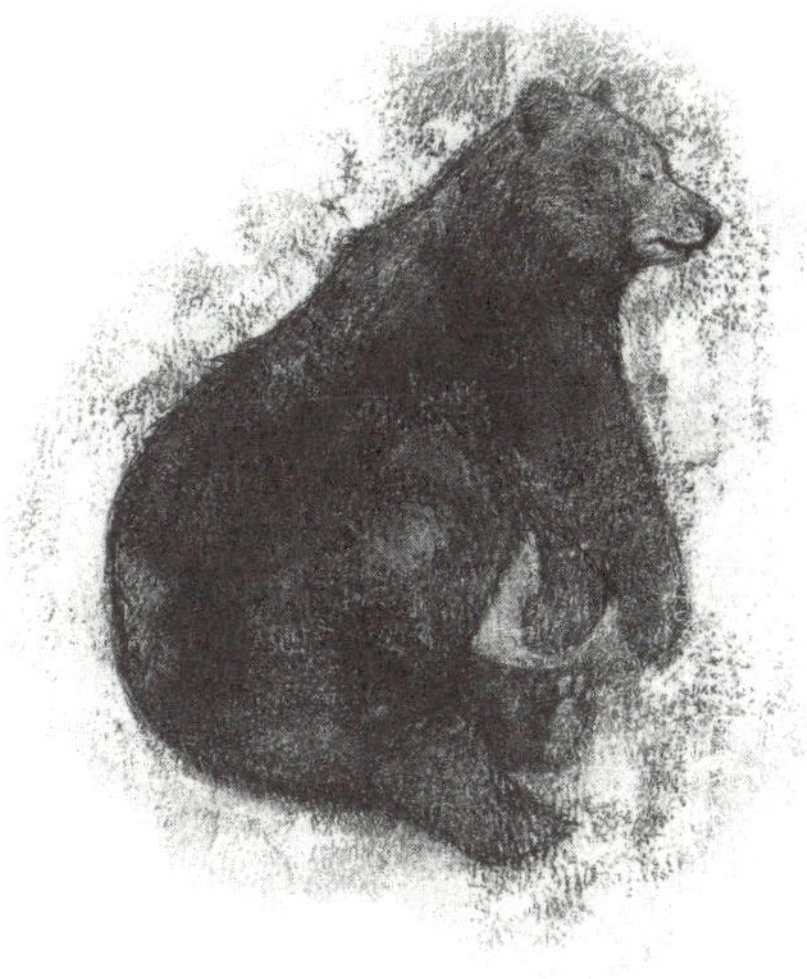

講談社

神様　２０１１

目次

神様

くまにさそわれて散歩に出る。川原に行くのである。歩いて二十分ほどのところにある川原である。春先に、鴫《しぎ》を見るために、行ったことはあったが、暑い季節にこうして弁当まで持っていくのは初めてである。散歩というよりハイキングといったほうがいいかもしれない。

くまは、雄の成熟したくまで、だからとても大きい。三つ隣の305号室に、つい最近越してきた。ちかごろの引越しには珍しく、引越し蕎麦を同じ階の住人にふるまい、葉書を十枚ずつ渡してまわっていた。ずいぶんな気の遣いようだと思ったが、くまでであるから、やはりいろいろとまわりに対する配慮が必要なのだろう。

ところでその蕎麦を受け取ったときの会話で、くまとわたしとは満更赤の他人というわけでもないことがわかったのである。

表札を見たくまが、

「もしや某町のご出身では」

と訊ねる。確かに、と答えると、以前くまがたいへん世話になった某君の叔父という人が町の役場助役であったという。その助役の名字がわたしのものと同じであり、たどってみると、どうやら助役はわたしの父のまたいとこに当たるらしいのである。あるか無しかわからぬような繋がりであるが、くまはたいそう感慨深げに「縁《えにし》」というような種類の言葉を駆使していろいろと述べた。どうも引越しの挨拶の仕方といい、この喋り方といい、昔気質《かたぎ》のくまらしいのではあった。

そのくまと、散歩のようなハイキングのようなことをしている。動物には詳しくないので、ツキノワグマなのか、ヒグマなのか、はたまたマレーグマなのかは、わからない。面と向かって訊ねるのも失礼である気がする。名前もわからない。なんと呼びかければいいのかと質問してみたのであるが、近隣にくまが一匹もいないことを確認してから、

「今のところ名はありませんし、僕しかくまがいないのなら今後も名をなのる必要がないわけですね。呼びかけの言葉としては、貴方《あなた》、が好きですが、ええ、漢字の貴方です、口に出すときに、ひらがなではなく漢字を思い浮かべてくだされればいいんですが、まあ、どうぞご自由に何とでもお呼びください」

との答えである。どうもやはり少々大時代なくまである。大時代なうえに理屈を好むとみた。

川原までの道は水田に沿っている。舗装された道で、時おり車が通る。どの車もわたしたちの手前でスピードを落とし、徐行しながら大きくよけていく。すれちがう人影はない。たいへん暑い。田で働く人も見えない。くまの足がアスファルトを踏む、かすかなしゃりしゃりという音だけが規則正しく響く。

暑くない？　と訊ねると、くまは、

「暑くないけれど長くアスファルトの道を歩くと少し疲れます」

と答えた。

「川原まではそう遠くないから大丈夫、ご心配くださってありがとう」

続けて言う。さらには、

「もしあなたが暑いのなら国道に出てレストハウスにでも入りますか」

などと、細かく気を配ってくれる。わたしは帽子をかぶっていたし暑さには強いほうなので断ったが、もしかするとくま自身が一服したかったのかもしれない。しばらく無言で歩いた。

遠くに聞こえはじめた水の音がやがて高くなり、わたしたちは川原に到着した。たくさんの人が泳いだり釣りをしたりしている。荷物を下ろし、タオルで汗をぬぐった。くまは舌を出して少しあえいでいる。そうやって立っていると、男性二人子供一人の三人連れが、そばに寄ってきた。どれも海水着をつけている。男の片方はサングラスをかけ、もう片方はシュノーケルを首からぶらさげていた。

「お父さん、くまだよ」

子供が大きな声で言った。

「そうだ、よくわかったな」

シュノーケルが答える。

「くまだよ」

「そうだ、くまだ」

「ねえねえくまだよ」

何回かこれが繰り返された。シュノーケルはわたしの表情をちらりとうかがったが、くまの顔を正面から見ようとはしない。サングラスの方は何も言わずにただ立っている。子供はくまの毛を引っ張ったり、蹴りつけたりしていたが、最後に「パーンチ」と叫んでくまの腹のあたりにこぶしをぶつけてから、走って行ってしまった。男二人はぶらぶらと後を追う。

「いやはや」

しばらくしてからくまが言った。

「小さい人は邪気がないですなあ」

わたしは無言でいた。

「そりゃいろいろな人間がいますから。でも、子供さんはみんな無邪気ですよ」

そう言うと、わたしが答える前に急いで川のふちへ歩いていってしまった。

小さな細い魚がすいすい泳いでいる。水の冷気がほてった顔に心地よい。よく見ると魚は一定の幅の中で上流へ泳ぎまた下流へ泳ぐ。細長い四角の辺をたどっているように見える。その四角が魚の縄張りなのだろう。くまも、じっと水の中を見ている。何を見ているのか。くまの目にも水の中は人間と同じに見えているのであろうか。

突然水しぶきがあがり、くまが水の中にざぶざぶ入っていった。川の中ほどで立ち止まると右掌をさっと水にくぐらせ、魚を摑み上げた。岸辺を泳ぐ細長い魚の三倍はありそうなものだ。

「驚いたでしょう」

戻ってきたくまが言った。

「おことわりしてから行けばよかったのですが、つい足が先に出てしまいまして。大きいでしょう」

くまは、魚をわたしの目の前にかざした。魚のひれが陽を受けてきらきら光る。釣りをしている人たちがこちらを指さして何か話している。くまはかなり得意そうだ。

「さしあげましょう。今日の記念に」

そう言うと、くまは担いできた袋の口を開けた。取り出した布の包みの中からは、小さなナイフとまな板が出てきた。くまは器用にナイフを使って魚を開くと、これもかねて用意してあったらしい粗塩をぱっぱと振りかけ、広げた葉の上に魚を置いた。

「何回か引っくり返せば、帰る頃にはちょうどいい干物になっています」

何から何まで行き届いたくまである。

わたしたちは、草の上に座って川を見ながら弁当を食べた。くまは、フランスパンのところどころに切れ目を入れてパテとラディッシュをはさんだもの、わたしは梅干し入りのおむすび、食後には各自オレンジを一個ずつ。ゆっくりと食べおわると、くまは、

「もしよろしければオレンジの皮をいただけますか」

と言い、受け取ると、わたしに背を向けて、いそいで皮を食べた。

少し離れたところに置いてある魚を引っくり返しに行き、ナイフとまな板とコップを流れで丁寧に洗い、それを拭き終えると、くまは袋から大きいタオルを取り出し、わたしに手渡した。

「昼寝をするときにお使いください。僕はそのへんをちょっと歩いてきます。もしよかったらその前に子守歌を歌ってさしあげましょうか」

真面目に訊く。

子守歌なしでも眠れそうだとわたしが答えると、くまはがっかりした表情になったが、すぐに上流の方へ歩み去った。

目を覚ますと、木の影が長くなっており、横にくまが寝ていた。タオルはかけていない。小さくいびきをかいている。川原には、もう数名の人しか残っていない。みな、釣りをする人である。くまにタオルをかけてから、干し魚を引っくり返しにいくと、魚は三匹に増えていた。

「いい散歩でした」

くまは３０５号室の前で、袋から鍵を取り出しながら言った。

「またこのような機会を持ちたいものですな」

わたしも頷いた。それから、干し魚やそのほかの礼を言うと、くまは大きく手を振って、

「とんでもない」

と答えるのだった。

「では」

と立ち去ろうとすると、くまが、

「あの」

と言う。次の言葉を待ってくまを見上げるが、もじもじして黙っている。ほんとうに大きなくまである。その大きなくまが、喉の奥で「ウルル」というような音をたてながら恥ずかしそうにしている。言葉を喋る時には人間と同じ発声法なのであるが、こうして言葉にならない声を出すときや笑うときは、やはりくま本来の発声なのである。

「抱擁を交わしていただけますか」

くまは言った。

「親しい人と別れるときの故郷の習慣なのです。もしお嫌ならもちろんいいのですが」

わたしは承知した。

くまは一歩前に出ると、両腕を大きく広げ、その腕をわたしの肩にまわし、頰をわたしの頬にこすりつけた。くまの匂いがする。反対の頬も同じようにこすりつけると、もう一度腕に力を入れてわたしの肩を抱いた。思ったよりもくまの体は冷たかった。

「今日はほんとうに楽しかったです。遠くへ旅行して帰ってきたような気持ちです。熊の神様のお恵みがあなたの上にも降り注ぎますように。それから干し魚はあまりもちませんから、今夜のうちに召し上がるほうがいいと思います」

部屋に戻って魚を焼き、風呂に入り、眠る前に少し日記を書いた。熊の神とはどのようなものか、想像してみたが、見当がつかなかった。悪くない一日だった。

神様　２０１１

くまにさそわれて散歩に出る。川原に行くのである。春先に、鴫《しぎ》を見るために、防護服をつけて行ったことはあったが、暑い季節にこうしてふつうの服を着て肌をだし、弁当まで持っていくのは、「あのこと」以来、初めてである。散歩というよりハイキングといったほうがいいかもしれない。

くまは、雄の成熟したくまで、だからとても大きい。三つ隣の305号室に、つい最近越してきた。ちかごろの引越しには珍しく、このマンションに残っている三世帯の住人全員に引越し蕎麦をふるまい、葉書を十枚ずつ渡してまわっていた。ずいぶんな気の遣いようだと思ったが、くまであるから、やはりいろいろとまわりに対する配慮が必要なのだろう。

ところでその蕎麦を受け取ったときの会話で、くまとわたしとは満更赤の他人というわけでもないことがわかったのである。

表札を見たくまが、

「もしや某町のご出身では」

と訊ねる。確かに、と答えると、以前くまが「あのこと」の避難時にたいへん世話になった某君の叔父という人が町の役場助役であったという。その助役の名字がわたしのものと同じであり、たどってみると、どうやら助役はわたしの父のまたいとこに当たるらしいのである。あるか無しかわからぬような繋がりであるが、くまはたいそう感慨深げに「縁《えにし》」というような種類の言葉を駆使していろいろと述べた。どうも引越しの挨拶の仕方といい、この喋り方といい、昔気質《かたぎ》のくまらしいのではあった。

そのくまと、散歩のようなハイキングのようなことをしている。動物には詳しくないので、ツキノワグマなのか、ヒグマなのか、はたまたマレーグマなのかは、わからない。面と向かって訊ねるのも失礼である気がする。名前もわからない。なんと呼びかければいいのかと質問してみたのであるが、近隣にくまが一匹もいないことを確認してから、

「今のところ名はありませんし、僕しかくまがいないのなら今後も名をなのる必要がないわけですね。呼びかけの言葉としては、貴方《あなた》、が好きですが、ええ、漢字の貴方です、口に出すときに、ひらがなではなく漢字を思い浮かべてくだされぱいいんですが、まあ、どうぞご自由に何とでもお呼びください」

との答えである。どうもやはり少々大時代なくまである。大時代なうえに理屈を好むとみた。

川原までの道は元水田だった地帯に沿っている。土壌の除染のために、ほとんどの水田は掘り返され、つやつやとした土がもりあがっている。作業をしている人たちは、この暑いのに防護服に防塵マスク、腰まである長靴に身をかためている。「あのこと」の後は、いっさいの立ち入りができなくて、震災による地割れがいつまでも残っていた水田沿いの道だが、少し前に完全に舗装がほどこされた。「あのこと」のゼロ地点にずいぶん近いこのあたりでも、車は存外走っている。どの車もわたしたちの手前でスピードを落とし、徐行しながら大きくよけていく。すれちがう人影はない。

「防護服を着てないから、よけていくのかな」

と言うと、くまはあいまいにうなずいた。

「でも、今年前半の被曝量はがんばっておさえたから累積被曝量貯金の残高はあるし、おまけに今日のSPEEDIの予想ではこのあたりに風は来ないはずだし」

言い訳のように言うと、くまはまた、あいまいにうなずいた。

くまの足がアスファルトを踏む、かすかなしゃりしゃりという音だけが規則正しく響く。

暑くない？　と訊ねると、くまは、

「暑くないけれど長くアスファルトの道を歩くと少し疲れます」

と答えた。

「川原まではそう遠くないから大丈夫、ご心配くださってありがとう」

続けて言う。さらには、

「もしあなたが暑いのなら、もちろん僕は容積が人間に比べて大きいのですから、あなたよりも被曝許容量の上限も高いと思いますし、このはだしの足でもって、飛散塵堆積値の高い土の道を歩くこともできます。そうだ、やっぱり土の道の方が、アスファルトの道よりも涼しいですよね。そっちに行きますか」

などと、細かく気を配ってくれる。わたしは帽子をかぶっていたし暑さには強いほうなので断ったが、もしかするとくま自身が土の道を歩きたかったのかもしれない。しばらく無言で歩いた。

遠くに聞こえはじめた水の音がやがて高くなり、わたしたちは川原に到着した。誰もいないかと思っていたが、二人の男が水辺にたたずんでいる。「あのこと」の前は、川辺ではいつもたくさんの人が泳いだり釣りをしたりしていたし、家族づれも多かった。今は、この地域には、子供は一人もいない。

荷物を下ろし、タオルで汗をぬぐった。くまは舌を出して少しあえいでいる。そうやって立っていると、男二人が、そばに寄ってきた。どちらも防護服をつけている。片方はサングラスをかけ、もう片方は長手袋をつけている。

「くまですね」

サングラスの男が言った。

「くまとは、うらやましい」

長手袋がつづける。

「くまは、ストロンチウムにも、それからプルトニウムにも強いんだってな」

「なにしろ、くまだから」

「ああ、くまだから」

「うん、くまだから」

何回かこれが繰り返された。サングラスはわたしの表情をちらりとうかがったが、くまの顔を正面から見ようとはしない。長手袋の方はときおりくまの毛を引っ張ったり、お腹のあたりをなでまわしたりしている。最後に二人は、「まあ、くまだからな」と言ってわたしたちに背を向け、ぶらぶらと向こうの方へ歩いていった。

「いやはや」

しばらくしてからくまが言った。

「邪気はないんでしょうなあ」

わたしは無言でいた。

「そりゃあ、人間より少しは被曝許容量は多いですけれど、いくらなんでもストロンチウムやプルトニウムに強いわけはありませんよね。でも、無理もないのかもしれませんね」

そう言うと、わたしが答える前に急いで川のふちへ歩いていってしまった。

小さな細い魚がすいすい泳いでいる。水の冷気がほてった顔に心地よい。よく見ると魚は一定の幅の中で上流へ泳ぎまた下流へ泳ぐ。細長い四角の辺をたどっているように見える。その四角が魚の縄張りなのだろう。くまも、じっと水の中を見ている。何を見ているのか。くまの目にも水の中は人間と同じに見えているのであろうか。

突然水しぶきがあがり、くまが水の中にざぶざぶ入っていった。川の中ほどで立ち止まると右掌をさっと水にくぐらせ、魚を掴み上げた。岸辺を泳ぐ細長い魚の三倍はありそうなものだ。

「驚いたでしょう」

戻ってきたくまが言った。

「つい足が先に出てしまいまして。大きいでしょう」

くまは、魚をわたしの目の前にかざした。魚のひれが陽を受けてきらきら光る。さきほどの男二人がこちらを指さして何か話している。くまはかなり得意そうだ。

「いや、魚の餌になる川底の苔には、ことにセシウムがたまりやすいのですけれど」

そう言いながらも、くまは担いできた袋の口を開けた。取り出した布の包みの中からは、小さなナイフとまな板が出てきた。くまは器用にナイフを使って魚を開くと、これもかねて用意してあったらしいペットボトルから水を注ぎ、魚の体表を清めた。それから粗塩をぱっぱっと振りかけ、広げた葉の上に魚を置いた。

「何回か引っくり返せば、帰る頃にはちょうどいい干物になっています。その、食べないにしても、記念に形だけでもと思って」

何から何まで行き届いたくまである。

わたしたちは、ベンチに敷物をしいて座り、川を見ながら弁当を食べた。くまは、フランスパンのところどころに切れ目を入れてパテとラディッシュをはさんだもの、わたしは梅干し入りのおむすび、食後には各自オレンジを一個ずつ。ゆっくりと食べおわると、くまは、

「もしよろしければオレンジの皮をいただけますか」

と言い、受け取ると、わたしに背を向けて、いそいで皮を食べた。

少し離れたところに置いてある魚を引っくり返しに行き、ナイフとまな板とコップをペットボトルの水で丁寧に洗い、それを拭き終えると、くまは袋から大きいタオルを取り出し、わたしに手渡した。

「昼寝をするときにお使いください。まだ出発してから二時間ですし、今日は線量が低いですけど、念のため。僕はそのへんをちょっと歩いてきます。もしよかったらその前に子守歌を歌ってさしあげましょうか」

真面目に訊く。

子守歌なしでも眠れそうだとわたしが答えると、くまはがっかりした表情になったが、すぐに上流の方へ歩み去った。

目を覚ますと、木の影が長くなっており、横のベンチにくまが寝ていた。タオルはかけていない。小さくいびきをかいている。川原には、もうわたしたち以外誰も残っていない。男二人も、行ってしまったようだ。くまにタオルをかけてから、干し魚を引っくり返しにいくと、魚は三匹に増えていた。

「いい散歩でした」

くまは305号室の前で、袋からガイガーカウンターを取り出しながら言った。まずわたしの全身を、次に自分の全身を、計測する。ジ、ジ、という聞き慣れた音がする。

「またこのような機会を持ちたいものですな」

わたしも頷いた。それから、干し魚やそのほかの礼を言うと、くまは大きく手を振って、

「とんでもない」

と答えるのだった。

「では」

と立ち去ろうとすると、くまが、

「あの」

と言う。次の言葉を待ってくまを見上げるが、もじもじして黙っている。ほんとう

に大きなくまである。その大きなくまが、喉の奥で「ウルル」というような音をたてながら恥ずかしそうにしている。言葉を喋る時には人間と同じ発声法なのであるが、こうして言葉にならない声を出すときや笑うときは、やはりくま本来の発声なのである。

「抱擁を交わしていただけますか」

くまは言った。

「親しい人と別れるときの故郷の習慣なのです。もしお嫌ならもちろんいいのですが」

わたしは承知した。くまはあまり風呂に入らないはずだから、たぶん体表の放射線量はいくらか高いだろう。けれど、この地域に住みつづけることを選んだのだから、そんなことを気にするつもりなど最初からない。

くまは一歩前に出ると、両腕を大きく広げ、その腕をわたしの肩にまわし、頬をわたしの頰にこすりつけた。くまの匂いがする。反対の頰も同じようにこすりつけると、もう一度腕に力を入れてわたしの肩を抱いた。思ったよりもくまの体は冷たかった。

「今日はほんとうに楽しかったです。遠くへ旅行して帰ってきたような気持ちです。熊の神様のお恵みがあなたの上にも降り注ぎますように。それから干し魚はあまりもちませんから、めしあがらないなら明日じゅうに捨てるほうがいいと思います」

部屋に戻って干し魚をくつ入れの上に飾り、シャワーを浴びて丁寧に体と髪をすすぎ、眠る前に少し日記を書き、最後に、いつものように総被曝線量を計算した。今日の推定外部被曝線量・30μSv、内部被曝線量・19μSv。年頭から今日までの推定累積外部被曝線量・2900μSv、推定累積内部被曝線量・1780μSv。熊の神とはどのようなものか、想像してみたが、見当がつかなかった。悪くない一日だった。

あとがき

1993年に、わたしはこの本の中におさめられた最初の短編「神様」を書きました。

熊の神様、というものの出てくる話です。

日本には、古来たくさん神様がいました。山の神様、海や川の神様、風や雨の神様などの、大きな自然をつかさどる神様たち。田んぼの神様、住む土地の神様、かまどや厠《かわや》や井戸の神様などの、人の暮らしのまわりにいる神様たち。祟りをなす神様もいますし、動物の神様もいます。鬼もいれば、ナマハゲもダイダラボッチもキジムナーもいる。

万物に神が宿るという信仰を、必ずしもわたしは心の底から信じているわけではないのですが、節電のため暖房を消して過した日々の明け方、窓越しにさす太陽の光があんまり暖かくて、思わず「ああ、これはほんとうに、おてんとさまだ」と、感じ入ったりするほどには、日本古来の感覚はもっているわけです。

震災以来のさまざまな事々を見聞きするにつけ思ったのは、「わたしは何も知らず、また、知ろうとしないで来てしまったのだな」ということでした。以下は、ですから、あれ以来のにわか勉強のすえに知った、いくつかのことです。専門家ではありませんので、もしかするとまちがった比喩、表現などあるやもしれません。その時は、どうぞ教えてください。

さて、ウランです。

東日本大震災によって福島第一原発のメルトダウンが起こる前まで、一号機、二号機で熱を発するべくさかんに核分裂していたのは、ウラン235という放射性同位体だそうです。ウランの放射性同位体は、もともと自然界に存在するものとか。どこかの山の中、どこかの地中、どこかの町の真下などに、天然ウランとして。

ただし、天然ウラン中には三種類のウラン同位体がふくまれている。ウラン234とウラン235とウラン238です。そして、ウラン234及び235よりも、ウラン238の方が、ずっと量が多いのです。

ウラン238がウラン人口の99・3パーセントを占めるとしたら、235は、ウラン人口のわずか0・7パーセント、さらに少ない234は、0・0054パーセント、という感じでしょうか。

レア、なわけです。

その、わずか0・7パーセントしかいない235を、人間はぎゅうっと濃縮して、原子力発電やヒロシマの原爆に使ったりする。なぜなら、たくさんある方の238は、中性子という名のかろやかな粒子が当たっていっても、おっとりとかまえているけれど、235は、中性子が当たってゆくと、腰軽く分裂してくれるからです。腰軽く動く奴の方が、おっとりした奴よりも、エネルギーを生みだしやすい、という寸法です。

いったいぜんたい、ウランの神様は、こうやってわたしたち人間がウラン235たちを使役することを、どう感じているのだろうか。日々伝えられる、原発の

「爆発的事象」や「危機的」ニュースを見聞きするたびに、わたしは思っていました。


２３５がレアだと言いました。

実は、もっと昔は、２３５は、今よりたくさんいたのです。昔って、いつごろかというと、たぶん、四十五億年くらい前です。地球ができて、すぐの頃です。

でも、２３５は、２３８よりも、短命です。２３８は四十五億年でようやく半数が死ぬだけなのに、２３５は、たった七億四百万年で、半分が命を散らしてしまう（「半減期」というやつです。おなじみになりましたよね。こんな言葉とおなじみになりたくなかったと、誰もが思っていることでしょう）。そしてさらに七億四百万年たつと、その半分になる。そうやって、２３５は、人知れず地中でひっそりとゆっくりと、半減しつづけてきたのです。人間が彼を発見するまでは。

ところが、十九世紀の終わりに、キュリー夫妻が「放射性同位体」というものがこの世界にあることを発見し、さらにその後の研究者たちによって、同位体を濃縮し分裂させる方法があきらかになってきました。そして、第二次大戦。さあこれを利用しない手はない。全世界がやっきになりました。ドイツはどちらかといえば原発利用方面の研究に重点をおき、一方のアメリカやイギリスやソ連や日本は、爆弾利用方面にかたよった研究をおこないました。

ウランの神様の話に戻ります。

何億年もかけて、ゆっくりと、地中で減りつづけていたウラン235。人の手さえふれなければ、そのままひっそり微量の放射線を出しつつ、「でも宇宙からふってくる宇宙線よりも、私たちのだす時間空間単位あたりの放射線は、ずっと少ないのだぞ。なんとおくゆかしい」と、地中で世界を見守ってくれていたはずです。

ところが、人間は、あちこちのウラン235をかきあつめてぎゅうーっとかためて、「さあ、どんどん分裂せよ、光をだせ、熱をだせ、衝撃波をだせ、働け働け」と、鞭打ったわけです。原爆では、ウランをいっぺんにぱあっと働かせ、原発では小出しに働かせ……。

ウランの神様がもしこの世にいるとすれば、いったいそのことをどう感じているのか。やおよろずの神様を、矩《のり》を越えて人間が利用した時に、昔話ではいったいどういうことが起こるのか。

2011年の3月末に、わたしはあらためて、「神様 2011」を書きました。原子力利用にともなう危険を警告する、という大上段にかまえた姿勢で書いたのでは、まったくありません。それよりもむしろ、日常は続いてゆく、けれどその日常は何かのことで大きく変化してしまう可能性をもつものだ、という大きな驚きの気持ちをこめて書きました。静かな怒りが、あの原発事故以来、去りません。むろんこの怒りは、最終的には自分自身に向かってくる怒りです。今の日本をつくってきたのは、ほかならぬ自分でもあるのですから。この怒りをいだいたまま、それでもわたしたちはそれぞれの日常を、たんたんと生きてゆくし、意地でも、「もうやになった」と、この生を放りだすことをしたくないのです。だって、生きることは、それ自体が、大いなるよろこびであるはずなのですから。

参考文献
『原子爆弾』山田克哉、講談社、一九九六年
『放射線利用の基礎知識』東嶋和子、講談社、二〇〇六年
『生命と地球の歴史』丸山茂徳・磯﨑行雄、岩波書店、一九九八年
『X線からクォークまで　20世紀の物理学者たち』エミリオ・セグレ、久保亮五・矢崎裕二訳、みすず書房、一九八二年

文中の放射性物質等の記述に関しては、
山田克哉さん、野口邦和さん、山野辺滋晴さん、河田昌東さんにご助言をいただきました。
深く感謝申し上げます。

装　幀　名久井直子
イラスト　佐伯佳美

「神様」　『神様』（中公文庫）所収
「神様　２０１１」　「群像」二〇一一年六月号初出
「あとがき」

川上 弘美（かわかみ・ひろみ）
一九五八年生まれ。九六年「蛇を踏む」で芥川賞、九九年『神様』でドゥマゴ文学賞と紫式部文学賞、二〇〇〇年『溺レる』で伊藤整文学賞と女流文学賞、〇一年『センセイの鞄』で谷崎潤一郎賞、〇七年『真鶴』で芸術選奨を受賞。ほかの作品に『風花』『どこから行っても遠い町』『天頂より少し下って』などがある。

神様《かみさま》 2011

二〇一一年九月二〇日 第一刷発行

著者――川上弘美《かわかみひろみ》

発行者――鈴木 哲

発行所――株式会社講談社
東京都文京区音羽二―一二―二一
郵便番号一一二―八〇〇一
電話 出版部 〇三―五三九五―三五〇四
販売部 〇三―五三九五―三六二二
業務部 〇三―五三九五―三六一五

印刷所――凸版印刷株式会社
製本所――大口製本印刷株式会社
本文データ制作――講談社デジタル製作部

ISBN978-4-06-217232-5